Madame GÉNIALE

Collection MADAME

1 MADAME AUTORITAIRE
2 MADAME TÊTE-EN-L'AIR
3 MADAME RANGE-TOUT
4 MADAME CATASTROPHE
5 MADAME ACROBATE
6 MADAME MAGIE
7 MADAME PROPRETTE
8 MADAME INDÉCISE
9 MADAME PETITE
10 MADAME TOUT-VA-BIEN
11 MADAME TINTAMARRE
12 MADAME TIMIDE
13 MADAME BOUTE-EN-TRAIN
14 MADAME CANAILLE
15 MADAME BEAUTÉ
16 MADAME SAGE
17 MADAME DOUBLE
18 MADAME JE-SAIS-TOUT
19 MADAME CHANCE
20 MADAME PRUDENTE
21 MADAME BOULOT
22 MADAME GÉNIALE
23 MADAME OUI
24 MADAME POURQUOI
25 MADAME COQUETTE
26 MADAME CONTRAIRE
27 MADAME TÊTUE
28 MADAME EN RETARD
29 MADAME BAVARDE
30 MADAME FOLLETTE
31 MADAME BONHEUR
32 MADAME VEDETTE
33 MADAME VITE-FAIT
34 MADAME CASSE-PIEDS
35 MADAME DODUE
36 MADAME RISETTE
37 MADAME CHIPIE
38 MADAME FARCEUSE
39 MADAME MALCHANCE
40 MADAME TERREUR

Madame GÉNIALE

Roger Hargreaves

hachette
JEUNESSE

Madame Géniale se trouvait géniale.

Elle n'avait pas tout à fait tort,
mais pas tout à fait raison non plus.

Le matin, elle prenait toujours
deux tasses de thé.

Regarde la théière qu'elle avait inventée.

Géniale, non ?

Ce jour-là, après son petit déjeuner, madame Géniale n'eut pas envie de faire sa vaisselle.

– J'ai une idée GÉNIALE ! cria-t-elle.

Et elle jeta sa tasse, sa soucoupe, sa cuillère et sa théière à la poubelle !

Tu trouves cela génial, toi ?

Après avoir fait sa vaisselle à sa façon,
madame Géniale se dit :

– J'ai une idée GÉNIALE !
Je vais aller faire un petit tour
pour trouver d'autres idées géniales.

Elle sortit donc de chez elle.

Dehors, le soleil brillait,
les oiseaux chantaient,
les vers de terre souriaient.

Mais soudain madame Géniale
entendit des cris :

– À moi ! À l'aide ! Au secours !

Les cris venaient d'une maison
plutôt en mauvais état.

Madame Géniale s'y précipita.

Qui habitait là ?

Monsieur Maladroit !

Une fois de plus,
il avait glissé sur son savon,
perdu l'équilibre,
atterri la tête la première
dans la panière à linge,
puis s'était retrouvé
au bord de l'escalier.

Il allait tomber.

– J'ai une idée GÉNIALE pour vous sauver,
cria madame Géniale.

Et elle remit la panière à l'endroit...

... Mais pas monsieur Maladroit !

– Sortez-moi d'ici !
supplia monsieur Maladroit.

– Vous y tenez vraiment ?
s'étonna madame Géniale.

– Ouiiiiiiiii !...

– Non ! Quelle drôle d'idée !
Bon, comme vous voulez !

Et elle le sortit...

... de sa maison !

— Vous êtes content maintenant ?
demanda madame Géniale.

Monsieur Maladroit ne répondit pas.

Alors madame Géniale se dépêcha
de le débarrasser de la panière à linge.

– Vous êtes vraiment géniale, madame Géniale, dit monsieur Maladroit.
Sans vous, que serais-je devenu ?

Venez, je vais vous offrir une tasse de thé pour vous remercier.

L'ennui, c'est qu'au moment de servir le thé,
monsieur Maladroit se prit les pieds dans ses lacets...

... et qu'il cassa la théière !

– Ce n'est pas grave, dit madame Géniale.

J'ai une idée GÉNIALE !

Allons prendre le thé chez moi.

L'ennui, c'est que chez madame Géniale,
il n'y avait plus de théière.

Ou plutôt, si. Il y en avait une,
mais elle était à la poubelle.
Tu sais pourquoi, n'est-ce pas ?

Alors tu devines ce que dit madame Géniale ?

Oui, c'est cela !

Elle dit :
– J'ai une idée GÉNIALE !

Et elle ajouta :
– Ne buvons pas de thé !

RÉUNIS VITE LA COLLECTION ENTIÈRE

1 MME AUTORITAIRE
2 MME TÊTE-EN-L'AIR
3 MME RANGE-TOUT
4 MME CATASTROPHE
5 MME ACROBATE
6 MME MAGIE
7 MME PROPRETTE
8 MME INDÉCISE
9 MME PETITE
10 MME TOUT-VA-BIEN
11 MME TINTAMARRE
12 MME TIMIDE
13 MME BOUTE-EN-TRAIN
14 MME CANAILLE
15 MME BEAUTÉ
16 MME SAGE
17 MME DOUBLE
18 MME JE-SAIS-TOUT
19 MME CHANCE
20 MME PRUDENTE
21 MME BOULOT
22 MME GÉNIALE
23 MME OUI
24 MME POURQU

25 MME COQUETTE
26 MME CONTRAIRE
27 MME TÊTUE
28 MME EN RETARD
29 MME BAVARDE
30 MME FOLLETTE
31 MME BONHEUR
32 MME VEDETTE

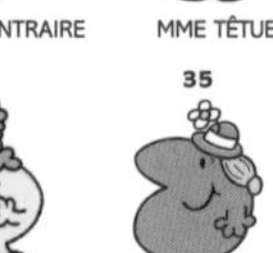

33 MME VITE-FAIT
34 MME CASSE-PIEDS
35 MME DODUE
36 MME RISETTE
37 MME CHIPIE
38 MME FARCEUSE
39 MME MALCHANCE
40 MME TERREUR

DES **MONSIEUR MADAME**

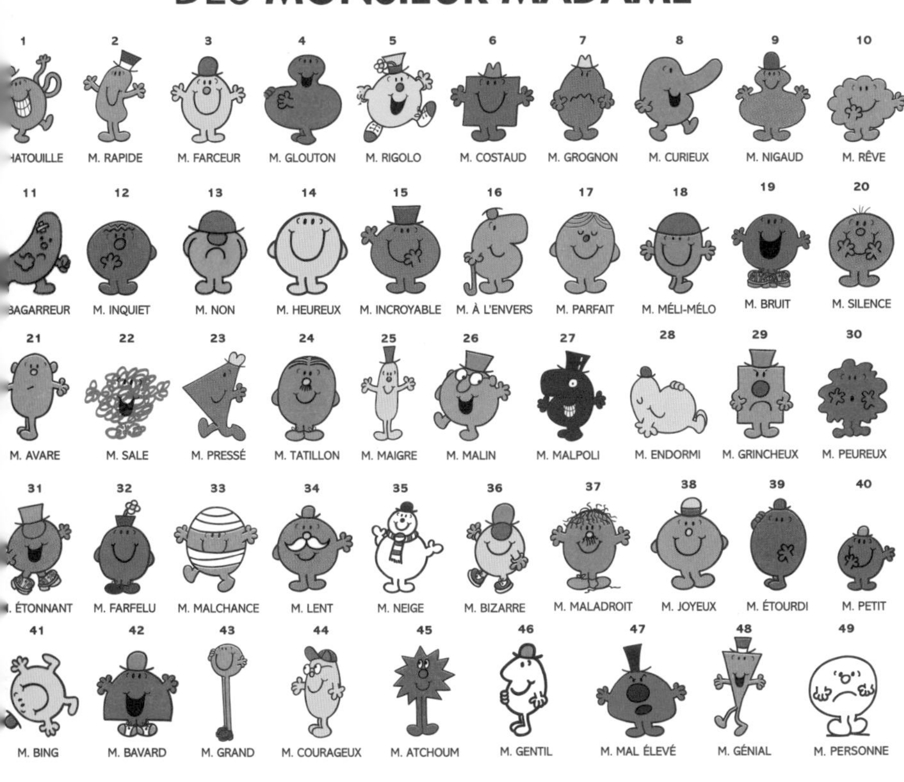

ISBN : 978-2-01-224828-1
Loi n° 49-956 du 16 juillet 1949 sur les publications destinées à la jeunesse.
Imprimé et relié en France par I.M.E.